這本可愛的小書是屬於

_____的！

國家圖書館出版品預行編目資料

兵兵生氣了－第一次離家出走 / 王明心著;吳應堅
繪.－－初版一刷.－－臺北市:三民,2005
面; 公分.－－(兒童文學叢書.第一次系列)

ISBN 957–14–4214–3 (精裝)

850

網路書店位址 http://www.sanmin.com.tw

© 兵兵生氣了
—— 第一次離家出走

著作人 王明心
繪 者 吳應堅
發行人 劉振強
著作財 三民書局股份有限公司
產權人 臺北市復興北路386號
發行所 三民書局股份有限公司
地址 / 臺北市復興北路386號
電話 / (02)25006600
郵撥 / 0009998–5
印刷所 三民書局股份有限公司
門市部 復北店 / 臺北市復興北路386號
重南店 / 臺北市重慶南路一段61號
初版一刷 2005年2月
編 號 S 856881
定 價 新臺幣貳佰元整
行政院新聞局登記證局版臺業字第○二○○號

ISBN 957–14–4214–3 (精裝)

記得當時年紀小

（主編的話）

我相信每一位父母親，都有同樣的心願，希望孩子能快樂的成長，在他們初解周遭人事、好奇而純淨的心中，周圍的一草一木，一花一樹，或是生活中的人情事物，都會點點滴滴的匯聚出生命河流，那些經驗將在他們的成長歲月中，形成珍貴的記憶。

而人生有多少的第一次？

當孩子開始把注意力從自己的身體與家人轉移到周圍的環境時，也正是多數的父母，努力在家庭和事業間奔走的時期，孩子的教養責任有時就旁落他人，不僅每晚睡前的床邊故事時間無暇顧及，就是孩子放學後，也只是任他回到一個空大的房子，與電視機為伴。為了不讓孩子的童年留下空白，也不願自己被忙碌的生活淹沒，做父母的不得不用心安排，這也是現代人必修的課程。

三民書局決定出版「第一次系列」這一套童書，正是配合了時代的步調，不僅讓孩子在跨出人生的第一步時，能夠留下美好的回憶，也讓孩子在面對起起伏伏的人生時，能夠步履堅定的往前走，更讓身為父母親的人，捉住了這一段生命中可貴的片段。

這一系列的作者，都是用心關注孩子生活，而且對兒童文學或教育心理學有專精的寫手。譬如第一次參與童書寫作的劉瑪玲，本身是畫家又有兩位可愛的孫兒女，由她來寫小朋友第一次自己住外婆家的經驗，讀之溫馨，更忍不住發出莞爾。年輕的媽媽宇文正，擅於散文書寫，她那細膩的思維和豐富的想像力，將母子之情躍然紙上。主修心理學的洪于倫，對兒童文學與舞蹈皆有所好，在書中，她描繪朋友間的相處，輕描淡寫卻扣人心弦，也反映出她喜

1

愛動物的悲憫之心。謝謝她們三位加入為小朋友寫書的行列。

當然也要感謝童書的老將們,她們一直是三民童書系列的主力。散文高手劉靜娟,她善於觀察那細微的稚子情懷,以熟練的文筆,娓娓道來便當中隱藏的親情,那只有媽媽和他知道的祕密。

哪一個孩子對第一次上學不是充滿又喜又怕的心情?方梓擅長書寫祖孫深情,讓阿公和小孫子之間的愛,克服了對新環境的懼怕和不安。

還記得寫《奇奇的磁鐵鞋》的林黛嫚嗎?這次她寫出快被人遺忘的回娘家的故事,親子之情真摯可愛,值得珍惜。

王明心和趙映雪都是主修幼兒教育與兒童文學的作家。王明心用她特有的書寫語言,讓第一次離家出走的兵兵,幽默而可愛的稚子之情,流露無遺。趙映雪所寫的雲霄飛車,驚險萬分,引起了多少人的回憶與共鳴?那經驗,那感覺,孩子一輩子都忘不了,且看趙映雪如何把那驚險轉化為難忘的回憶。

李寬宏是唯一的爸爸作者,他在「音樂家系列」中所寫的舒伯特,廣受歡迎;在「影響世界的人」系列中,把兩千五百歲的酷老師 —— 孔子描繪成一副顛覆傳統、令人印象深刻的形象,更加精彩。而在這次寫到第一次騎腳踏車的書中,他除了一向的幽默風趣外,更有為父的慈愛,千萬不能錯過。我自己忝陪末座,記錄了小兒子第一次陪媽媽上學的經驗,也希望提供給年輕的媽媽,現實與夢想可以兼顧的參考。

我們的童年已遠,但從孩子們的「第一次」經驗中,再次回到童稚的歲月,這真是生命中難忘而快樂的記憶。我希望每一位父母都能與孩子一起走回童年,一起讀書,共創回憶。這也是我多年來,主編三民兒童文學叢書,一直不變的理想。

作者的話

你離家出走過嗎？

為什麼要離家出走呢？有許多原因。

像兵兵，是不滿和委屈。有的人無法改變環境，乾脆逃離。有的人遇到無法解決的問題，需要出去透透空氣。有的人覺得一成不變的生活讓他窒息，想要尋找一點新奇刺激。有的人就是需要流浪，不停的去尋找他的夢想。

兵兵的故事其實是我小時候的遭遇，只是第一次的離家出走並不是因為不滿和委屈。

年幼的我突發奇想，要出門去探險。東逛西遊，一點害怕也沒有。走啊走啊，就走丟了，被一家美容院收留。家人發現我失蹤後，心焦的在馬路上到處搜尋，卻不見蹤影。最後經過一家美容院時，被從裡面一聲稚嫩的「媽——」聲叫住，結束我的探險之旅。

之後，倒真的有好幾次是因不滿和委屈而想要離家出走。為什麼不是我的錯，卻是我被處罰？為什麼我的用意這麼好，卻被曲解？為什麼想當然爾我就是那個搗蛋的孩子？為什麼沒有人能聽我的解釋？為什麼？為什麼？為什麼？於是打包了幾件衣服，準備隨時可以離家出走。這個包囊，就成了今日家人們「憶當年」的笑談話題之一。

因為這樣的童年經驗，當了媽媽的我，格外警覺孩子的心情。有些事不用心觀察體會，真的很容易就錯怪或誤解了孩子的想法。其實，跟成人的相處何嘗不是這樣？大人還容易為自己伸冤辯護，真相得以顯明。小孩常屈於權威之下，無法抗爭，或因表達能力有限，不知如何解釋。

　　了解孩子的不滿和委屈，他們需要大人們的耐心和傾聽。

4

兵兵生氣了

第一次離家出走

王明心/著

吳應堅/繪

「氣ㄑㄧˋ死ㄙˇ我ㄨㄛˇ了ㄌㄜ˙！」

「爸ㄅㄚˋ媽ㄇㄚ每ㄇㄟˇ一ㄧ次ㄘˋ都ㄉㄡ不ㄅㄨˋ問ㄨㄣˋ為ㄨㄟˋ什ㄕㄣˊ麼ㄇㄜ˙，
就ㄐㄧㄡˋ說ㄕㄨㄛ是ㄕˋ我ㄨㄛˇ的ㄉㄜ˙錯ㄘㄨㄛˋ！
弟ㄉㄧˋ弟ㄉㄧˋ哭ㄎㄨ，是ㄕˋ被ㄅㄟˋ我ㄨㄛˇ欺ㄑㄧ負ㄈㄨˋ；
弟ㄉㄧˋ弟ㄉㄧˋ吵ㄔㄠˇ，是ㄕˋ我ㄨㄛˇ不ㄅㄨˋ好ㄏㄠˇ。」

「其實都是弟弟的錯！」

「就像剛剛，
我舒舒服服在地上躺，
他非得一腳往我臉上踩，
痛得我一手把他推開。
弟弟坐在地上大哭，
爸爸媽媽馬上發怒，
說弟弟才剛學會走路，
我不可以這麼粗魯。」

5

6　不ㄅㄨ公ㄍㄨㄥ平ㄆㄧㄥ！
　自ㄗ從ㄘㄨㄥ弟ㄉㄧ弟ㄉㄧ來ㄌㄞ到ㄉㄠ這ㄓㄜ個ㄍㄜ世ㄕ界ㄐㄧㄝ，
　所ㄙㄨㄛ有ㄧㄡ的ㄉㄜ事ㄕ情ㄑㄧㄥ都ㄉㄡ不ㄅㄨ對ㄉㄨㄟ。

爸爸沒空跟兵兵玩積木，
只忙著給弟弟換尿布。
媽媽不再帶兵兵去溜鞦韆，
說那裡對弟弟危險。

7

晚上兵兵在廁所噓噓，聽到爸媽在唱催眠曲。多希望他們也能來親親摟摟，而不是只催著刷牙漱口。

「他們一定是不要我了。」

「既然沒有人愛我，
我也不需要在這裡生活。
不如到外面闖江湖，
也比在家裡舒服。」
兵兵想著想著，不知不覺睡著了。

「哇——哇——。」
一早就被哭聲吵醒，
有人就是這麼掃興！
媽媽忙著哄弟弟喝奶，
爸爸在旁邊唱起歌來。
「沒有人理我！」

11

兵兵沒有忘記昨晚的念頭，
乾脆現在就開始行動。
拿起牆上的小背包，
放進心愛的 yo yo 。
「闖江湖不能什麼都沒有，
要讓人家知道我是個高手。
再放進一條巧克力，
可以讓我更有力氣。走囉！」

「路上好亂啊！」
交通這麼差怎麼行？
難怪爸爸改坐捷運。
騎樓上好多攤販，
賣的東西真好玩。
閃電 yo yo 不稀奇，
這個玩完會自己跳進口袋裡。

14

鍋子煮完會自動清洗，
媽媽再也不會嘆息。
一件襯衫可以兩面穿，
爸爸不用煩惱穿什麼去上班。
這個搖床真是ㄅㄧㄤˋ，
弟弟一覺可以到天亮。

15

16

「這裡是哪裡啊？」

兵兵覺得自己走了好幾哩，
兩腿酸得要扭曲。
「小弟弟，你怎麼啦？」

哦，是美容院的小姐，
看兵兵坐在門口歇歇。
不能跟她說離家出走，
會以為是幫派頭頭。

「我跟媽媽逛街走丟了。」
「唉呀，好可憐哦，
趕快進來坐坐。
媽媽待會兒會走過，
我們不會讓她錯過。」

真好玩！

這些美髮師好厲害，
燙頭髮好像在比賽。
兩手隨便搓一搓，
米粉、螺絲、爆炸頭。
剪起頭來更是 super，
打薄、斜削、再龐克。
乒乓的小頭跟著轉，
忙得已經開始喘。

過多久了呀？

兵兵覺得睏又累，
真想躺下好好睡。

「好想他們哦。」

弟弟是兵兵的跟屁蟲，
哥哥的命令絕對服從。
最喜歡洗澡和爸爸打水仗，
全身泡沫誰也不讓。

還有媽媽為他煎的荷包蛋，
吃了馬上有力得像炸彈。
吃完飯後的講故事時間，
兵兵從來沒有錯過一天。

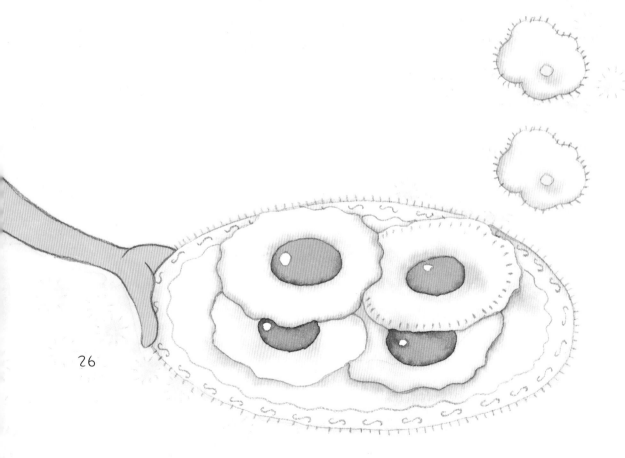

四個人緊緊擠在一起，
好像怕被吸進故事裡。

「他們會不會
到處找不到我?」
兵兵越想越擔心,
一點也不想再打拼。
不要媽媽流淚,
不要爸爸心碎,
不要弟弟覺得他不對。

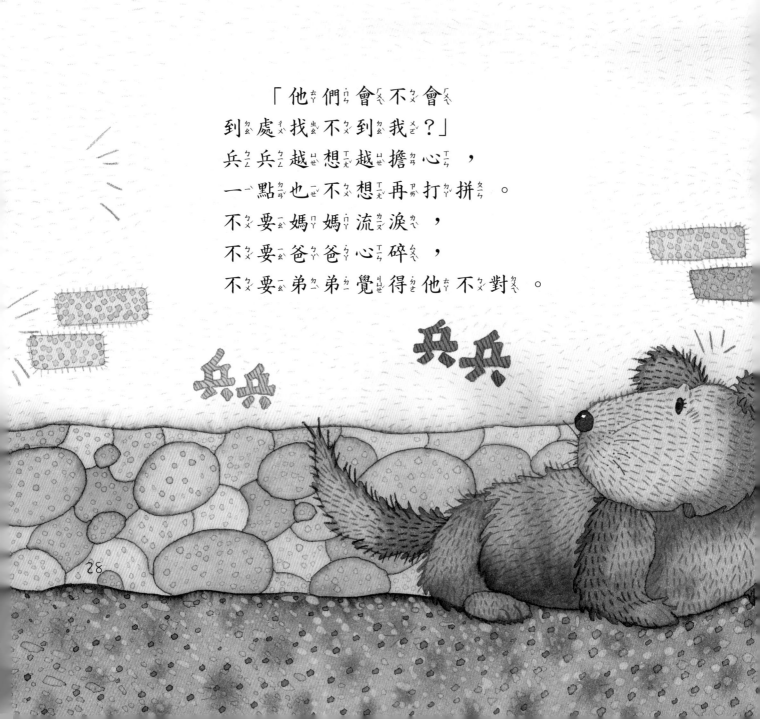

那是什麼聲音？
聽起來越來越近。

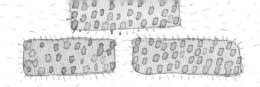

29

「爸爸媽媽我在這裡，
對不起，是我太調皮。
怎麼處罰都可以，
就是不要再分離。」

「兵兵，我們的小兵兵。」

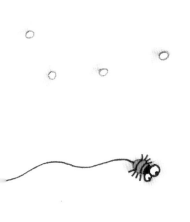

「不要這麼說，
是我們對你太囉唆。
要你作個好樣式，
其實你也是個孩子。
離家以為是玩笑，
不料你真的把家翹。」

31

爸爸把兵兵抱得好緊，
媽媽一直哭個不停。
弟弟拉著兵兵的手不放。
「不要怕，不要怕，
我不再去流浪。」

32

「讓我們回家去吧！」

34　　　　這是兵兵第一次離家出走，
第二次這輩子再也沒有。

王明心 ——————————————— 寫書的人

　　靜宜文理學院外文系英國文學組畢業，美國俄亥俄州立大學兒童教育碩士。著有童書九本，譯有教育書籍二本。曾獲金鼎獎、阿勃勒獎，及「好書大家讀」推薦獎。
　　從小老想著要離家出走的王明心，現在還是想著。從臺灣流浪到美國，又在美國四處雲遊。想著會有一天，行囊裡只有一本書，一根笛子，走著走著，就走到雲裡。

畫畫的人 ——————————————— 吳應堅

　　繪畫，對吳應堅來說，似乎是一件天經地義的事，從小就喜歡塗鴉，沉溺於色彩中，得過世界兒童繪畫比賽的第二名；進入國中後，由於老師的賞識，幫學校畫交通安全漫畫成為每個禮拜必做的功課，也因此每個月多了三百元的零用錢。能做自己喜歡的事，又可得到實質的回饋，對他來說，真是意外之喜。
　　因為他是那麼的喜歡畫畫，在自己努力不懈的堅持下，進入了復興商工就讀，服完兵役，又繼續於實踐學院攻讀應用美術。
　　至今，他常想，這一生要是不畫畫，還能幹什麼？也許心裡清楚得很，繪畫是他人生的方向，也唯有在繪畫中才能得到喜樂。畫紙上瑰麗的色彩，承載的是他童年所有的理想與夢。

35

兵兵一氣之下，離家出走，外面的世界雖然多采多姿，可是兵兵越走越累，越走越想爸爸媽媽和弟弟，他該怎麼回到溫暖的家呢？你可以和同學或家人一起幫助他，看看誰最先讓兵兵回到家！

警察局

在路上撿到200元，送到警察局。

美容
在美容院看美髮自剪髮，停玩2次。

冰果室

寵物店

麵包店
吃了麵包精神飽滿，前進2步。

兵兵 GO!

醫院

扶老太太過天橋，前進2步。

在百貨公司逛玩具部，停玩一次。

百貨公司

在圖書館忘記拿背包了，趕快回去拿。

家

和小朋友在操場上玩球，跌倒受傷了，到醫院治療。

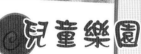學校

準備材料　骰子1個、跳棋的棋子。

進行步驟　先決定順序，再依次擲骰子決定可以走幾步，找同學、爸媽一起玩，2個人以上就可以玩囉！

如果沒有跳棋，可以用橡皮擦代替，寫上名字或畫上自己喜歡的圖案，就可代表自己囉！

兒童樂園

口渴了，到冰果室買果汁喝。

圖書館

兒童文學叢書
・第一次系列・

童年無法NG，生命不能重來

三民書局最新出版

兒童文學叢書・第一次系列・
提供孩子生活所需的智慧維他命，
與孩子共享生命中的成長初體驗！